KU-265-369

Né le 26 juin 1913 à Basse-Pointe, en Martinique, Aimé Césaire a fait ses études en France. Poète, dramaturge et homme politique, il a joué un rôle considérable dans la prise de conscience des acteurs politiques et culturels de la décolonisation. Fondateur, en 1939, de la revue *Tropiques*, il élabore et définit, avec Léopold Sédar Senghor, la notion de « négritude ». En 1956, après avoir rompu avec le Parti communiste français, il crée le Parti progressiste martiniquais. Député de la Martinique jusqu'en 1993, Aimé Césaire a été député-maire de Fort-de-France de 1945 à 2001. Il est mort le 17 avril 2008 à Fort-de-France.

Aimé Césaire

# CADASTRE
## suivi de
# MOI, LAMINAIRE...

POÉSIE

*Éditions du Seuil*

TEXTE INTÉGRAL

ISBN 978-2-02-086388-9
(ISBN 2-02-001667-2, 1re publication de *Cadastre*,
ISBN 2-02-006268-2, 1re publication de *Moi, Laminaire...*
ISBN 2-02-013123-4, 1re publication poche de *Moi, Laminaire...*
ISBN 2-02-021232-3, édition reliée)

# CADASTRE

*Soleil cou coupé*

## Magique

avec une lèche de ciel sur un quignon de terre
vous bêtes qui sifflez sur le visage de cette morte
vous libres fougères parmi les roches assassines
à l'extrême de l'île parmi les conques trop vastes pour leur destin
lorsque midi colle ses mauvais timbres sur les plis tempétueux de la louve
hors cadre de science nulle
et la bouche aux parois du nid suffète des îles englouties comme un sou

avec une lèche de ciel sur un quignon de terre
prophète des îles oubliées comme un sou
sans sommeil sans veille sans doigt sans palancre
quand la tornade passe rongeur du pain des cases

vous bêtes qui sifflez sur le visage de cette morte
la belle once de la luxure et la coquille operculée
mol glissement des grains de l'été que nous fûmes
belles chairs à transpercer du trident des aras
lorsque les étoiles chancelières de cinq branches
trèfles au ciel comme des gouttes de lait chu
réajustent un dieu noir mal né de son tonnerre

# La parole aux oricous

Où quand comment d'où pourquoi oui pourquoi pourquoi pourquoi se peut-il que les langues les plus scélérates n'aient inventé que si peu de crocs à pendre ou suspendre le destin

Arrêtez cet homme innocent. Tous de leurre. Il porte mon sang sur les épaules. Il porte mon sang dans ses souliers. Il colporte mon sang dans son nez. Mort aux contrebandiers. Les frontières sont fermées.
Ni su ni insu
tous
dieu merci mon cœur est plus sec que l'harmattan, toute obscurité m'est proie
toute obscurité m'est due, et toute bombe joie.

Vous oricous à vos postes de tournoiement et de bec au-dessus de la forêt et jusqu'à la caverne dont la porte est un triangle
dont le gardien est un chien
dont la vie est un calice
dont la vierge est une araignée
dont le sillage rare est un lac à se mettre debout sur les chemins de déchant des nixes orageuses

# La loi est nue

Baies ailées j'ai marché sur le cœur grondant de
l'excellent printemps
de qui ai-je jamais soutiré autre femme
qu'un long cri et sous ma traction de lait
qu'une terre s'enfuyant blessée et reptile entre les dents
de la forêt

net trop plein du jet
me voici
dans les arrières des eaux
et roucoulant vos scrupuleuses colombes
assis mets vrai pour les oiseaux

que toutes les trames en vain se nouent
que tous les moulins à prière à gauche tournent

Il n'y a plus de machine à traire
le matin qui n'est pas encore monté.
Tous mes cailloux sont d'offense
Point d'huile.
La loi est nue.

# Allure

Ô montagne ô dolomies cœur d'oiseau sous mes mains d'enfant
ô icebergs ô revenants vieux dieux scellés en pleine gloire
et quand même autour du feu à trois pierres couronné d'un cercle vibrant de tipules
un étang pour les noyés se renouvelle
province des morts vous heurtez en vain la rotation des routes
où le spectacle passe du palier de flammes vertes à la tranche de maléfices
allure combats avec moi je porte la tiare solaire
gong décuple la prison dont les combats d'animaux expérimentent la voix des hommes conservés dans la pétrification des forêts de mille ans

ma chère penchons sur les filons géologiques

## Désastre tangible

Tout insecte compté (le métal de l'herbe a cravaté leur gorge)
menstrue de cendre
bond lent d'un four tendant sa surprise de pains dont l'équipage
pris au piège dessèche tout litige
désastre
blocs
au bout de l'œil la gueule sous le bâillon de nuages
volcan écartelé le Bédouin de ce désert
devanture d'un tout doux de Caraïbe roulant sur des os et des ans
sa caravane écoutée d'engloutis
pieds ou éclat quel quarteron de nègres ou de peaux rouges massacrés à la fin de la nuit rengaine ta dégaine jamais née et tes pieds portés par les eaux
les restitue au tablier sans cris d'un strom présomptueux

## Entre autres massacres

De toutes leurs forces le soleil et la lune s'entre-choquent
les étoiles tombent comme des témoins trop mûrs
et comme une portée de souris grises

ne crains rien apprête tes grosses eaux
qui si bien emportent la berge des miroirs

ils ont mis de la boue sur mes yeux
et vois je vois terriblement je vois
de toutes les montagnes de toutes les îles
il ne reste plus rien que les quelques mauvais chicots
de l'impénitente salive de la mer

## Le griffon

Je suis un souvenir qui n'atteint pas le seuil
et erre dans les limbes où le reflet d'absinthe
quand le cœur de la nuit souffle par ses évents
bouge l'étoile tombée où nous nous contemplons

Le ciel lingual a pris sa neuve consistance de crème
de noix fraîche
ouverte du coco

Andes crachant et Mayumbé sacré
seul naufrage que l'œil bon voilier nous soudoie
quand âme folle déchiquetée folle
    par les nuages qui m'arrivent dans les poissons
    bien clos
je remonte hanter la sinistre épaisseur des choses

## Rachat

Le bruit fort gravite pourri d'une cargaison
désastre véreux et clair de soldanelle
le bruit fort gravite méninge de diamants
ton visage glisse nu en ma fureur laiteuse

Touffeurs d'amibes
touffeurs de laitances vrais fils de la vraie vierge immaculée aux aubes de la mer quand les méteils firent peau et maraudes de damnés

Touffeurs de tas d'assiettes ébréchées
de ruines de chiens pelés et de scaphandriers qui glissent au crépuscule

Touffeur fruste rayonnement
au nu très lent de ma main
l'ombilic vierge de la terre

## Missisipi

Hommes tant pis qui ne vous apercevez pas que mes yeux se souviennent
de frondes et de drapeaux noirs
qui assassinent à chaque battement de mes cils

Hommes tant pis qui ne voyez pas qui ne voyez rien
pas même la très belle signalisation de chemin de fer
que font sous mes paupières les disques rouges et noirs
du serpent-corail que ma munificence love dans mes larmes

Hommes tant pis qui ne voyez pas qu'au fond du réticule où le hasard a déposé nos yeux
il y a qui attend un buffle noyé jusqu'à la garde des yeux du marécage

Hommes tant pis qui ne voyez pas que vous ne pouvez m'empêcher de bâtir à sa suffisance
des îles à la tête d'œuf de ciel flagrant
sous la férocité calme du géranium immense de notre soleil.

## Blues de la pluie

Aguacero
beau musicien
au pied d'un arbre dévêtu
parmi les harmonies perdues
près de nos mémoires défaites
parmi nos mains de défaite
et des peuples de force étrange
nous laissions pendre nos yeux
et natale
dénouant la longe d'une douleur
nous pleurions.

## Le bouc émissaire

Les veines de la berge s'engourdissent d'étranges larves
nous et nos frères
dans les champs les squelettes attendent leurs frissons
et la chair
rien ne viendra et la saison est nulle
la morsure de nos promesses s'est accomplie au-dessus
du sein d'un village et le village est mort
avec tous ses hommes qu'on ne reconnaissait
à travers leur tube de mica hier qu'à la
patience violette de leurs excréments muets
Ô cueilleuse
si fragile si fragile au bord des nuits la pâtisserie du
paysage qu'à la fin jubilation à tête blanche
des pygargues elle y vole mais pour l'œil qui
se voit il y a sur la paroi prophète d'ombre
et tremblant au gré des pyrites un cœur qui
pompe un sang de lumière et d'herbe
et la mer l'Aborigène une poignée de rumeurs entre les
dents se traîne hors de ses os marsupiaux et
posant sa première pierre d'île dans le vent
qui s'éboule de la force renouvelée des fœtus,
rumine flamber ses punchs d'anathèmes et
de mirage vers la merveille nue de nos villes
tâtant le futur et nos gueules claquantes de
bouc émissaire

## Fils de la foudre

Et sans qu'elle ait daigné séduire les geôliers
à son corsage s'est délité un bouquet d'oiseaux-mouches
à ses oreilles ont germé des bourgeons d'atolls
elle me parle une langue si douce que tout d'abord je ne comprends pas mais à la longue je devine qu'elle m'affirme
que le printemps est arrivé à contre-courant
que toute soif est étanchée que l'automne nous est concilié
que les étoiles dans la rue ont fleuri en plein midi et très bas suspendent leurs fruits

## Ex-voto pour un naufrage

Hélé helélé le Roi est un grand roi
que sa majesté daigne regarder dans mon anus pour voir s'il contient des diamants
que sa majesté daigne explorer ma bouche pour voir combien elle contient de carats
tam-tam ris
tam-tam ris
je porte la litière du roi
j'étends le tapis du roi
je suis le tapis du roi
je porte les écrouelles du roi
je suis le parasol du roi
riez riez tam-tams des kraals
tam-tams des mines qui riez sous cape
tam-tams sacrés qui riez à la barbe des missionnaires de vos dents de rat et d'hyène
tam-tams de la forêt
tam-tams du désert
tam-tam pleure
tam-tam pleure
brûlé jusqu'au fougueux silence de nos pleurs sans rivage
et roulez
roulez bas rien qu'un temps de bille
le pur temps de charbon de nos longues affres majeures

roulez roulez lourds délires sans vocable
lions roux sans crinière
tam-tams qui protégez mes trois âmes mon cerveau mon cœur mon foie
tam-tams durs qui très haut maintenez ma demeure de vent d'étoiles
sur le roc foudroyé de ma tête noire
et toi tam-tam frère pour qui il m'arrive de garder tout le long du jour un mot tour à tour chaud et frais dans ma bouche comme le goût peu connu de la vengeance
tam-tams de Kalaari
tam-tams de Bonne Espérance qui coiffez le cap de vos menaces
Ô tam-tam du Zululand
Tam-tam de Chaka
tam, tam, tam
tam, tam, tam
Roi nos montagnes sont des cavales en rut saisies en pleine convulsion de mauvais sang
Roi nos plaines sont des rivières qu'impatientent les fournitures de pourritures montées de la mer et de vos caravelles
Roi nos pierres sont des lampes ardentes d'une espérance veuve de dragon
Roi nos arbres sont la forme déployée que prend une flamme trop grosse pour notre cœur trop faible pour un donjon
Riez riez donc tam-tams de Cafrerie
comme le beau point d'interrogation du scorpion
dessiné au pollen sur le tableau du ciel et de nos cervelles à minuit
comme un frisson de reptile marin charmé par la pensée du mauvais temps
du petit rire renversé de la mer dans les hublot très beaux du naufrage

## Millibars de l'orage

N'apaisons pas le jour et sortons la face nue
face aux pays inconnus qui coupent aux oiseaux leur sifflet
le guet-apens s'ouvre le long d'un bruit de confins de planètes
ne fais pas attention aux chenilles qui tissent souple
mais seulement aux millibars qui se plantent dans le mille d'un orage
à délivrer l'espace où se hérissent le cœur des choses
et la venue de l'homme

Rêve n'apaisons pas
parmi les clous de chevaux fous
un bruit de larmes qui tâtonne vers l'aile immense des paupières

## Chevelure

Dirait-on pas bombardé d'un sang de latérites
bel arbre nu
en déjà l'invincible départ vers on imagine un sabbat
de splendeur
et de villes l'invincible et spacieux cri du coq

Innocente qui ondoies
tous les sucs qui montent dans la luxure de la terre
tous les poisons que distillent les alambics nocturnes
dans l'involucre des malvacées
tous les tonnerres des saponaires
sont pareils à ces mots discordants écrits par l'incendie
des bûchers
sur les oriflammes sublimes de ta révolte

Chevelure
flammes ingénues qui léchez un cœur insolite
la forêt se souviendra de l'eau et de l'aubier
comme moi je me souviens du museau attendri
des grands fleuves qui titubent comme des aveugles
la forêt se souvient que le dernier mot ne peut être
que le cri flambant de l'oiseau des ruines dans le bol
de l'orage

Innocent qui vas là
oublie de te rappeler
que le baobab est notre arbre
qu'il mal agite des bras si nains
qu'on le dirait un géant imbécile
et toi
séjour de mon insolence de mes tombes de mes trombes
crinière paquet de lianes espoir fort des naufragés
dors doucement au tronc méticuleux de mon étreinte
ma femme
ma citadelle

## La tornade

Le temps que
le sénateur s'aperçut que la tornade était assise
dans son assiette
et la tornade était dans l'air fourrageant dans Kansas-City
Le temps que
le pasteur aperçut la tornade dans l'œil bleu de la femme du shériff
et la tornade fut dehors faisant apparaître à tous sa large face
puant comme dix mille nègres entassés dans un train
le temps pour la tornade de s'esclaffer de rire
et la tornade fit sur tout une jolie imposition de mains
de ses belles mains blanches d'ecclésiastique
Le temps pour Dieu de s'apercevoir
qu'il avait bu de trop cent verres de sang de bourreau
et la ville fut une fraternité de taches blanches et noires
répandues en cadavres sur la peau d'un cheval abattu en plein galop
Et la tornade ayant subi les provinces de la mémoire riche gravat
craché d'un ciel engrangé de sentences tout trembla
une seconde fois l'acier tordu fut retordu

Et la tornade qui avait avalé comme un vol de grenouilles son troupeau de toitures et de cheminées respira bruyamment une pensée que les prophètes n'avaient jamais su deviner

## Totem

De loin en proche de proche en loin le sistre des circoncis et un soleil hors mœurs
buvant dans la gloire de ma poitrine un grand coup de vin rouge et de mouches
comment d'étage en étage de détresse en héritage le totem ne bondirait-il pas au sommet des buildings sa tiédeur de cheminée et de trahison ?
comme la distraction salée de ta langue destructrice
comme le vin de ton venin
comme ton rire de dos de marsouin dans l'argent du naufrage
comme la souris verte qui naît de la belle eau captive de tes paupières
comme la course des gazelles de sel fin de la neige sur la tête sauvage des femmes et de l'abîme
comme les grandes étamines de tes lèvres dans le filet bleu du continent
comme l'éclatement de feu de la minute dans la trame serrée du temps
comme la chevelure de genêt qui s'obstine à pousser dans l'arrière-saison de tes yeux à marine
chevaux du quadrige piétinez la savane de ma parole vaste ouverte

du blanc au fauve
il y a les sanglots le silence la mer rouge et la nuit

## Samba

Tout ce qui d'anse s'est agglutiné pour former tes seins
toutes les cloches d'hibiscus toutes les huîtres perlières
toutes les pistes brouillées qui forment une mangrove
tout ce qu'il y a de soleil en réserve dans les lézards
de la sierra tout ce qu'il faut d'iode pour faire un jour
marin tout ce qu'il faut de nacre pour dessiner un bruit
de conque sous-marine
Si tu voulais
    les tétrodons à la dérive iraient se donnant la main
Si tu voulais
    tout le long du jour les péronias de leurs queues
    feraient des routes et les évêques seraient si rares
    qu'on ne serait pas surpris d'apprendre qu'ils ont
    été avalés par les crosses des trichomans
Si tu voulais
    la force psychique
    assurerait toute seule la nuit d'un balisage d'araras
Si tu voulais
    dans les faubourgs qui furent pauvres les norias
    remonteraient avec dans les godets le parfum des
    bruits les plus neufs dont se grise la terre dans ses
    plis infernaux
Si tu voulais
    les fauves boiraient aux fontaines
    et dans nos têtes

les patries de terre violente
tendraient comme un doigt aux oiseaux l'allure
sans secousse des hauts mélèzes

## Interlude

Bond vague de l'once sans garrot
au zénith
poussière de lait
un midi est avec moi
glissé très rare de tes haras
d'ombres cuites et
très rares entrelacs des doigts
Ô soleil déchiré
aveugle paon magique et frais
aux mains d'arches d'éprouvettes
futile éclipse de l'espace

## La roue

La roue est la plus belle découverte de l'homme et la seule
il y a le soleil qui tourne
il y a la terre qui tourne
il y a ton visage qui tourne sur l'essieu de ton cou quand tu pleures
mais vous minutes n'enroulerez-vous pas sur la bobine à vivre
le sang lapé
l'art de souffrir aiguisé comme des moignons d'arbre par les couteaux de l'hiver
la biche saoule de ne pas boire
qui me pose sur la margelle inattendue ton
visage de goélette démâtée
ton visage
comme un village endormi au fond d'un lac
et qui renaît au jour de l'herbe et de l'année
germe

# Calme

Le temps bien sûr sera nul du péché
les portes céderont sous l'assaut des eaux
les orchidées pousseront leur douce tête violente de torturé
à travers la claire-voie que deux à deux font les paroles
les lianes dépêcheront du fond de leurs veilles une claire batterie de sangsues dont l'embrassade sera de la force irrésistible des parfums
de chaque grain de sable naîtra un oiseau
de chaque fleur simple sortira un scorpion (tout étant recomposé)
les trompettes des droseras éclateront pour marquer l'heure où abdiquer mes épaisses lèvres plantées d'aiguilles en faveur de l'armature flexible des futurs aloès
l'émission de chair naïve autour de la douleur sera généralisée
hors de tout rapport avec l'incursion bivalve des cestodes cependant que les hirondelles nées de ma salive agglutineront
avec les algues apportées par les vagues qui montent de toi
le mythe sanglant d'une minute jamais murmurée
aux étages des tours du silence les vautours s'envoleront avec au bec des lambeaux de la vieille chair trop peu calme pour nos squelettes

## An neuf

Les hommes ont taillé dans leurs tourments une fleur
qu'ils ont juchée sur les hauts plateaux de leur face
la faim leur fait un dais
une image se dissout dans leur dernière larme
ils ont bu jusqu'à l'horreur féroce
les monstres rythmés par les écumes

En ce temps-là
il y eut une
inoubliable
métamorphose

les chevaux ruaient un peu de rêve sur leurs sabots
de gros nuages d'incendie s'arrondirent en champignon
sur toutes les places publiques
ce fut une peste merveilleuse
sur le trottoir les moindres réverbères tournaient leur tête de phare
quant à l'avenir anophèle vapeur brûlante il sifflait dans les jardins

En ce temps-là
le mot ondée
et le mot sol meuble
le mot aube
et le mot copeaux
conspirèrent pour la première fois

# Depuis Akkad
# depuis Elam depuis Sumer

Éveilleur, arracheur,
Souffle souffert, souffle accoureur
Maître des trois chemins, tu as en face de toi un homme qui a beaucoup marché.
Depuis Elam. Depuis Akkad. Depuis Sumer.
Maître des trois chemins, tu as en face de toi un homme qui a beaucoup porté.
Depuis Elam. Depuis Akkad. Depuis Sumer.
J'ai porté le corps du commandant. J'ai porté le chemin de fer du commandant. J'ai porté la locomotive du commandant, le coton du commandant. J'ai porté sur ma tête laineuse qui se passe si bien de coussinet Dieu, la machine, la route – le Dieu du commandant.
Maître des trois chemins j'ai porté sous le soleil, j'ai porté dans le brouillard j'ai porté sur les tessons de braise des fourmis manians. J'ai porté le parasol j'ai porté l'explosif j'ai porté le carcan.
Depuis Akkad. Depuis Elam. Depuis Sumer.
Maître des trois chemins, Maître des trois rigoles, plaise que pour une fois – la première depuis Akkad depuis Elam depuis Sumer – le museau plus tanné apparemment que le cal de mes pieds mais en réalité plus doux que le bec minutieux du corbeau et comme drapé des plis amers que me fait ma grise peau

d'emprunt (livrée que les hommes m'imposent chaque hiver) j'avance à travers les feuilles mortes de mon petit pas sorcier

vers là où menace triomphalement l'inépuisable injonction des hommes jetés aux ricanements noueux de l'ouragan.
Depuis Elam depuis Akkad depuis Sumer.

## À l'Afrique

*à Wifredo Lam*

Paysan frappe le sol de ta daba
dans le sol il y a une hâte que la syllabe de l'événement ne dénoue pas
je me souviens de la fameuse peste
il n'y avait pas eu d'étoile annoncière
mais seulement la terre en un flot sans galet pétrissant d'espace
un pain d'herbe et de réclusion
frappe paysan frappe
le premier jour les oiseaux moururent
le second jour les poissons échouèrent
le troisième jour les animaux sortirent des bois
et faisaient aux villes une grande ceinture chaude très forte frappe le sol de ta daba
il y a dans le sol la carte des transmutations et des ruses de la mort
le quatrième jour la végétation se fana
et tout tourna à l'aigre de l'agave à l'acacia
en aigrettes en orgues végétales
où le vent épineux jouait des flûtes et des odeurs tranchantes
Frappe paysan frappe
il naît au ciel des fenêtres qui sont mes yeux giclés
et dont la herse dans ma poitrine fait le rempart d'une

ville qui refuse de donner la passe aux muletiers de la désespérance
Famine et de toi-même houle
ramas où se risque d'un salut la colère du futur
frappe Colère
il y a au pied de nos châteaux-de-fées pour la rencontre du sang et du paysage la salle de bal où des nains braquant leurs miroirs écoutent dans les plis de la pierre ou du sel croître le sexe du regard
Paysan pour que débouche de la tête de la montagne celle que blesse le vent
pour que tiédisse dans sa gorge une gorgée de cloches
pour que ma vague se dévore en sa vague et nous ramène sur le sable en noyés en chair de goyaves déchirés en une main d'épure en belles algues en graine volante en bulle en souvenance en arbre précatoire
soit ton geste une vague qui hurle et se reprend vers le creux de rocs aimés comme pour parfaire une île rebelle à naître
il y a dans le sol demain en scrupule et la parole à charger aussi bien que le silence

Paysan le vent où glissent des carènes arrête autour de mon visage la main lointaine d'un songe
ton champ dans son saccage éclate debout de monstres marins
que je n'ai garde d'écarter
et mon geste est pur autant qu'un front d'oubli
frappe paysan je suis ton fils
à l'heure du soleil qui se couche le crépuscule sous ma paupière clapote vert jaune et tiède d'iguanes inassoupis
mais la belle autruche courrière qui subitement naît des formes émues de la femme me fait de l'avenir les signes de l'amitié

# Démons

Je frappai ses jambes et ses bras. Ils devinrent des pattes de fer terminées par des serres très puissantes recouvertes de petites plumes souples et vertes qui leur faisaient une gaine discernable mais très bien étudiée. D'une idée-à-peur de mon cerveau lui naquit son bec, d'un poisson férocement armé. Et l'animal fut devant moi oiseau. Son pas régulier comme une horloge arpentait despotiquement le sable rouge comme mesureur d'un champ sacré né de la larme perfide d'un fleuve. Sa tête ? je la vis très vite de verre translucide à travers lequel l'œil tournait un agencement de rouages très fins de poulies de bielles qui de temps en temps avec le jeu très impressionnant des pistons injectaient le temps de chrome et de mercure
Déjà la bête était sur moi invulnérable.
Au dessous des seins et sur tout le ventre au-dessous du cou et sur tout le dos ce que l'on prenait à première vue pour des plumes étaient des lamelles de fer peint qui lorsque l'animal ouvrait et refermait les ailes pour se secouer de la pluie et du sang faisaient une perspective que rien ne pouvait compromettre de relents et de bruits de cuillers heurtées par les mains blanches d'un séisme dans les corbeilles sordides d'un été trop malsain.

# Marais nocturne

Le marais déroulant son lasso jusque-là lové autour de son nombril

et me voilà installé par les soins obligeants de l'enlisement au fond du marais et fumant le tabac le plus rare qu'aucune alouette ait jamais fumé.

Miasme on m'avait dit que ce ne pouvait être que le règne du crépuscule. Je te donne acte que l'on m'avait trompé.
De l'autre côté de la vie, de la mort, montent des bulles.
Elles éclatent à la surface avec un bruit d'ampoules brisées.
Ce sont les scaphandriers de la réclusion qui reviennent à la surface remiser leur tête de plomb et de verre, leur tendresse.
Tout animal m'est agami-chien de garde.
Toute plante silphium-lascinatum, parole aveugle du Nord et du Sud.
Pourtant alerte.
Ce sont les serpents.
L'un d'eux siffle le long de ma colonne vertébrale, puis s'enroulant au plus bas de ma cage thoracique, lance sa tête jusqu'à ma gorge spasmodique.

À la fin l'occlusion en est douce et j'entonne sous le
sable

l'HYMNE AU SERPENT LOMBAIRE

## Couteaux midi

Quand les Nègres font la Révolution ils commencent par arracher du Champ de Mars des arbres géants qu'ils lancent à la face du ciel comme des aboiements et qui couchent dans le plus chaud de l'air de purs courants d'oiseaux frais où ils tirent à blanc. Ils tirent à blanc ? Oui ma foi parce que le blanc est la juste force controversée du noir qu'ils portent dans le cœur et qui ne cesse de conspirer dans les petits hexagones trop bien faits de leurs pores. Les coups de feu blancs plantent alors dans le ciel des belles de nuit qui ne sont pas sans rapport avec les cornettes des sœurs de Saint-Joseph de Cluny qu'elles lessivent sous les espèces de midi dans la jubilation solaire du savon tropical.
Midi ? Oui, Midi qui disperse dans le ciel la ouate trop complaisante qui capitonne mes paroles et où mes cris se prennent. Midi ? Oui Midi amande de la nuit et langue entre mes crocs de poivre. Midi ? Oui Midi qui porte sur son dos de galeux et de vitrier toute la sensibilité qui compte de la haine et des ruines. Midi ? pardieu Midi qui après s'être recueilli sur mes lèvres le temps d'un blasphème et aux limites cathédrales de l'oisiveté met sur toutes les lignes de toutes les mains les trains que la repentance gardait en réserve dans les coffres-forts du temps sévère. Midi ? Oui Midi somptueux qui de ce monde m'absente.

Doux Seigneur !
durement je crache. Au visage des affameurs, au visage des insulteurs, au visage des paraschites et des éventreurs. Seigneur dur !
doux je siffle ; je siffle doux
Doux comme l'hièble
doux comme le verre de catastrophe
doux comme la houppelande faite de plumes d'oiseau que la vengeance vêt après le crime
doux comme le salut des petites vagues surprises en jupes dans les chambres du mancenillier
doux comme un fleuve de mandibules et la paupière du perroquet
doux comme une pluie de cendre emperlée de petits feux.
Oh ! je tiens mon pacte
debout dans mes blessures où mon sang bat contre les fûts du naufrage des cadavres de chiens crevés d'où fusent des colibris, c'est le jour,
un jour pour nos pieds fraternels
un jour pour nos mains sans rancunes
un jour pour nos souffles sans méfiance
un jour pour nos faces sans vergogne

et les Nègres vont cherchant dans la poussière – à leur oreille à pleins poumons les pierres précieuses chantant – les échardes dont on fait le mica dont on fait les lunes et l'ardoise lamelleuse dont les sorciers font l'intime férocité des étoiles.

## Aux écluses du vide

Au premier plan et fuite longitudinale un ruisseau desséché sommeilleux rouleur de galets d'obsidiennes. Au fond une point quiète architecture de burgs démantelés de montagnes érodées sur le fantôme deviné desquels naissent serpents chariots œil de chat des constellations alarmantes. C'est un étrange gâteau de lucioles lancé contre la face grise du temps, un grand éboulis de tessons d'icônes et de blasons de poux dans la barbe de Saturne. A droite très curieusement debout à la paroi squameuse de papillons crucifiés ailes ouvertes dans la gloire une gigantesque bouteille dont le goulot d'or très long boit dans les nuages une goutte de sang. Pour ma part je n'ai plus soif. Il m'est doux de penser le monde défait comme un vieux matelas à coprah comme un vieux collier vaudou comme le parfum du pécari abattu. Je n'ai plus soif.

par le ciel ébranlé
par les étoiles éclatées
par le silence tutélaire
de très loin d'outre-moi je viens vers toi
femme surgie d'un bel aubier
et tes yeux blessures mal fermées
sur ta pudeur d'être née.

C'est moi qui chante d'une voix prise encore dans le balbutiement des éléments. Il est doux d'être un morceau de bois un bouchon une goutte d'eau dans les eaux torrentielles de la fin et du recommencement. Il est doux de s'assoupir au cœur brisé des choses. Je n'ai plus aucune espèce de soif. Mon épée faite d'un sourire de dents de requin devient terriblement inutile. Ma masse d'armes est très visiblement hors de saison et hors de jeu. La pluie tombe. C'est un croisement de gravats, c'est un incroyable arrimage de l'invisible par des liens de toute qualité, c'est une ramure de syphilis, c'est le diagramme d'une saoulerie à l'eau-de-vie, c'est un complot de cuscutes, c'est la tête du cauchemar fichée sur la pointe de lance d'une foule en délire.
J'avance jusqu'à la région des lacs bleus. J'avance jusqu'à la région des solfatares
j'avance jusqu'à ma bouche cratériforme vers laquelle ai-je assez peiné ? Qu'ai-je à jeter ? Tout ma foi tout. Je suis tout nu. J'ai tout jeté. Ma généalogie. Ma veuve. Mes compagnons. J'attends le bouillonnement. J'attends le coup d'aile du grand albatros séminal qui doit faire de moi un homme nouveau. J'attends l'immense tape, le soufflet vertigineux qui me sacrera chevalier d'un ordre plutonien.

Et subitement c'est le débouché des grands fleuves
c'est l'amitié des yeux de toucans
c'est l'érection au fulminate de montagnes vierges
je suis investi. L'Europe patrouille dans mes veines comme une meute de filaires sur le coup de minuit.

Europe éclat de fonte
Europe tunnel bas d'où suinte une rosée de sang
Europe vieux chien Europe calèche à vers
Europe tatouage pelé Europe ton nom est un gloussement rauque et un choc assourdi

## Quelconque

Quelconque le gâteau de la nuit décoré de petites bougies faites de lucioles
quelconque une rangée de palmiers à éventer mes pensées les mieux tues
quelconque le plat du ciel servi par des mages en drap de piment rouge
quelconque la jeune main verte du poinsettia se crispant hors de ses gants à massacre
Espoir Espoir
lorsque la vague déroule son paquet de lianes de toute odeur
et toutes les lance au cou de chevaux bigles
lorsque l'anse développe sa crinière de sel godronnée au plus rare amidon d'algues et de poissons
Espoir plane Grand Duc
danse Espoir et piétine et crie parmi les attentions charmantes des rémoras et le beuglement neuf qu'émet le caïman à l'imminence d'un tremblement de terre

## Ode à la Guinée

Et par le soleil installant sous ma peau une usine de force et d'aigles
et par le vent sur ma force de dent de sel compliquant ses passes les mieux sues
et par le noir le long de mes muscles en douces insolences de sèves montant
et par la femme couchée comme une montagne descellée et sucée par les lianes
et par la femme au cadastre mal connu où le jour et la nuit jouent à la mourre des eaux de source et des métaux rares
et par le feu de la femme où je cherche le chemin des fougères et du Fouta-Djallon
et par la femme fermée sur la nostalgie s'ouvrant

JE TE SALUE

Guinée dont les pluies fracassent du haut grumeleux des volcans un sacrifice de vaches pour mille faims et soifs d'enfants dénaturés
Guinée de ton cri de ta main de ta patience
il nous reste toujours des terres arbitraires
et quand tué vers Ophir ils m'auront jamais muet
de mes dents de ma peau que l'on fasse
un fétiche féroce gardien du mauvais œil
comme m'ébranle me frappe et me dévore ton solstice

en chacun de tes pas Guinée
muette en moi-même d'une profondeur astrale de méduses

## Cheval

*à Pierre Loeb*

Mon cheval bute contre des crânes joués à la marelle de la rouille
mon cheval se cabre dans un orage de nuages qui sont des putréfactions de chairs à naufrage
mon cheval hennit dans la petite pluie de roses que fait mon sang dans le décor des fêtes foraines
mon cheval bute aux buissons de cactus qui sont les nœuds de vipère de mes tourments
mon cheval bute hennit et bute vers le rideau de sang de mon sang
tiré sur tous les ruffians qui jouent aux dés mon sang
mon cheval bute devant l'impossible flamme de la barre que hurlent les vésicules de mon sang
Grand cheval mon sang
mon sang vin de vomissure d'ivrogne
je te le donne grand cheval
je te donne mes oreilles pour en faire des naseaux sachant frémir
mes cheveux pour en faire une crinière des mieux sauvages
ma langue pour en faire des sabots de mustang
je te les donne
grand cheval
pour que tu abordes à l'extrême limite de la fraternité les hommes d'ailleurs et de demain

avec sur le dos un enfant aux lèvres à peine remuées
qui pour toi
désarmera
la mie chlorophyllienne des vastes corbeaux de l'avenir.

## Soleil et eau

Mon eau n'écoute pas
mon eau chante comme un secret
Mon eau ne chante pas
mon eau exulte comme un secret
Mon eau travaille
et à travers tout roseau exulte
jusqu'au lait du rire
Mon eau est un petit enfant
mon eau est un sourd
mon eau est un géant qui te tient sur la poitrine un lion
ô vin
vaste immense
par le basilic de ton regard complice et somptueux

## Marche des perturbations

Une robuste foudre en menace sur
le front le plus intouchable du monde
en toi toute la lumière veuve
des crépuscules des cités poignardées
par les oiseaux alentour
Et prends garde au corbeau qui ne vole pas c'est ma tête
qui s'est extraite du poteau mitan de mes épaules
en poussant un vieux cri arracheur d'entrailles et d'abreuvoirs

Ornières ornières lait doux brasier de flambes et d'euphorbes

# Barbare

C'est le mot qui me soutient
et frappe sur ma carcasse de cuivre jaune
où la lune dévore dans la soupente de la rouille
les os barbares
des lâches bêtes rôdeuses du mensonge

Barbare
du langage sommaire
et nos faces belles comme le vrai pouvoir opératoire
de la négation

Barbare
des morts qui circulent dans les veines de la terre
et viennent se briser parfois la tête contre les murs de
nos oreilles
et les cris de révolte jamais entendus
qui tournent à mesure et à timbres de musique

Barbare
l'article unique
barbare le tapaya
barbare l'amphisbène blanche
barbare moi le serpent cracheur
qui de mes putréfiantes chairs me réveille
soudain gekko volant

soudain gekko frangé
et me colle si bien aux lieux mêmes de la force
qu'il vous faudra pour m'oublier
jeter aux chiens la chair velue de vos poitrines

## Antipode

au matin rouleur de la première force de la première
épave de la dernière aurore
nos dents feront le bond d'une terre au haut d'un ciel
de cannelle et de girofles
tu ouvriras tes paupières qui sont un éventail très beau
fait de plumes rougies de regarder mon sang battre
une saison triomphante des essences les plus rares
ce sera tes cheveux
ballant au vent puéril la nostalgie des longues canéfices

## Croisades du silence

Et maintenant
que les vastes oiseaux se suicident
que les entrailles des animaux noircissent sur le couteau du sacrifice
que les prêtres se plantent une vocation aux carrefours
noués dans le terreau du bric-à-brac

Noir c'est noir non noir
noir lieu dit
lieu de stigmates
feu de chair comme mémoré

lorsque dans tes venaisons une pierre comble à mille visages
le grand trou que dans tes chairs faisait l'eau sombre
de la parole l'éteint Chimborazo dévore encore le monde.

## Pluies

Pluie qui dans tes plus répréhensibles débordements n'as garde
d'oublier que les jeunes filles du Chiriqui tirent soudain de leur corsage de nuit une lampe faite de lucioles émouvantes
Pluie capable de tout sauf de laver le sang qui coule sur les doigts des assassins des peuples surpris sous les hautes futaies de l'innocence

## Cercle non vicieux

Penser est trop bruyant
a trop de mains pousse trop de hannetons
Du reste je ne me suis jamais trompé
les hommes ne m'ont jamais déçu ils ont des regards
qui les débordent
La nature n'est pas compliquée
Toutes mes suppositions sont justes
Toutes mes implications fructueuses
Aucun cercle n'est vicieux
Creux
Il n'y a que mes genoux de noueux et qui s'enfoncent
pierreux
dans le travail
des autres et leur sommeil

## Autre horizon

Nuit stigmate fourchu
nuit buisson télégraphique planté dans l'océan
pour minutieuses amours de cétacés
nuit fermée
pourrissoir splendide
où de toutes ses forces de tous ses fauves se ramasse
le muscle violet de l'aconit napel de notre soleil

## Mort à l'aube

Lutteur il souffle sur des tisons
son visage mal géré par la nuit
d'où la trompe de ses lèvres siffleuses à serpents
imagine mal un corps torturé dans l'oubli

Homme sombre qu'habite la volonté du feu
quand un viol d'insectes s'éparpille dans sa faim
et que seuls les tisons de ses yeux ont bien pris

Mince tison il est celui qui
de sa grêle coquille et parmi une forêt qui défiera
le complot d'évêques des latérites porte le saut d'un fût
dans un secret si clair qu'aucun homme ne l'a cru

## Lynch

Poings carnassiers teintés du ciel brisé
torche parmi les fûts héréditaires
œil sans rives sans mémoire
dieu et que n'importunent vos fumées bleues
par la mort et la fête
avec aux naseaux des fleurs inespérées
avec sur le dos le jeune vol de courlis des oiseaux de
la phosphorescence
et un perfide chant vivant
dans les ruines indestructibles de son silence

## À hurler

Salut oiseaux qui fendez et dispersez le cercle des hérons
et la génuflexion de leur tête de résignation
dans une gaine de mousse blanche

Salut oiseaux qui ouvrez à coups de bec le ventre vrai
du marais
et la poitrine de chef du couchant

Salut cri rauque
        torche de résine
        où se brouillent les pistes
        des poux de pluie et les souris blanches

Fou à hurler je vous salue de mes hurlements plus
blancs que la mort

Mon temps viendra que je salue
grand large
simple
où chaque mot chaque geste éclairera
sur ton visage de chèvre blonde
broutant dans la cuve affolante de ma main
Et là là

bonne sangsue
là l'origine des temps
là la fin des temps

et la majesté droite de l'œil originel

## Jugement de la lumière

Fascinant le sang les muscles
dévorant les yeux ce fouillis
chargeant de vérité les éclats routiniers
un jet d'eau de victorieux soleil
par lequel
justice sera faite
et toutes les morgues démises

Les vaisselles les chairs glissent dans l'épaisseur du cou des vagues
les silences par contre ont acquis une pression formidable

Sur un arc de cercle
dans les mouvements publics des rivages
la flamme
est seule et splendide dans son jugement intègre

*Corps perdu*

## Mot

Parmi moi
de moi-même
à moi-même
hors toute constellation
en mes mains serré seulement
le rare hoquet d'un ultime spasme délirant
vibre mot
j'aurai chance hors du labyrinthe
plus long plus large vibre
en ondes de plus en plus serrées
en lasso où me prendre
en corde où me pendre
et que me clouent toutes les flèches
et leur curare le plus amer
au beau poteau-mitan des très fraîches étoiles

vibre
vibre essence même de l'ombre
en aile en gosier c'est à force de périr
le mot nègre
sorti tout armé du hurlement
d'une fleur vénéneuse
le mot nègre
tout pouacre de parasites
le mot nègre

tout plein de brigands qui rôdent
des mères qui crient
d'enfants qui pleurent
le mot nègre
un grésillement de chairs qui brûlent
âcre et de corne
le mot nègre
comme le soleil qui saigne de la griffe
sur le trottoir des nuages
le mot nègre
comme le dernier rire vêlé de l'innocence
entre les crocs du tigre
et comme le mot soleil est un claquement de balles
et comme le mot nuit un taffetas qu'on déchire
le mot nègre
                    dru savez-vous
du tonnerre d'un été
                que s'arrogent
                        des libertés incrédules

## Qui donc, qui donc...

Et si j'avais besoin de moi
d'un vrai sommeil
blond de même qu'un éveil
d'une ville s'évadant dans la jungle ou le sable
flairée nocturne flairée
d'un dieu hors rite ou de toi
d'un temps de mil et d'entreprise

et si j'avais besoin d'une île
Bornéo Sumatra Maldives Laquedives
si j'avais besoin d'un Timor parfumé de sandal
ou de Moluques Ternate Tidor
ou de Célèbes ou de Ceylan
qui dans la vaste nuit magicienne
aux dents d'un peigne triomphant
peignerait le flux et le reflux

et si j'avais besoin de soleil
ou de pluie ou de sang
cordial d'une minute d'un petit jour inventé
d'un continent inavoué
d'un puits d'un lézard d'un rêve
songe non rabougri
la mémoire poumonneuse et le cœur dans la main
et si j'avais besoin de vague ou de misaine

ou de la poigne phosphorescente
d'une cicatrice éternelle

qui donc
qui donc
aux vents d'un peigne triomphant
peignerait une fumée de climats inconstants

qui donc
qui donc
Ô grande fille à trier sauvage condamnée
en grain mon ombre
des grains d'une clarté
et qui savamment entre loup et chien m'avance
attentif à bien brouiller les comptes

# Élégie

L'hibiscus qui n'est pas autre chose qu'un œil éclaté
d'où pend le fil d'un long regard, les trompettes des
solandres,
le grand sabre noir des flamboyants, le crépuscule qui
est un trousseau de clefs toujours sonnant,
les aréquiers qui sont de nonchalants soleils jamais
couchés parce qu'outrepercés d'une épingle que les
terres à cervelle brûlée n'hésitent jamais à se fourrer
jusqu'au cœur, les souklyans effrayants, Orion
l'extatique papillon que les pollens magiques
crucifièrent sur la porte des nuits tremblantes
les belles boucles noires des canéfices qui sont des
mulâtresses
très fières dont le cou tremble un peu sous la guillotine,

et ne t'étonne pas si la nuit je geins plus lourdement
ou si mes mains étranglent plus sourdement
c'est le troupeau des vieilles peines qui vers mon odeur
noir et rouge
en scolopendre
allonge la tête et d'une insistance du museau
encore molle et maladroite
cherche plus profond mon cœur
alors rien ne me sert de serrer mon cœur contre le tien
et de me perdre dans le feuillage de tes bras

il le trouve
et très gravement
de manière toujours nouvelle
le lèche
amoureusement
jusqu'à l'apparition sauvage du premier sang
aux brusques griffes ouvertes du
DÉSASTRE

## Présence

tout un mai de canéficiers
sur la poitrine de pur hoquet
d'une île adultère de site
chair qui soi prise de soi-même vendange
Ô lente entre les dacites
pincée d'oiseaux qu'attise un vent
où passent fondues les chutes du temps
le pur foison d'un rare miracle
dans l'orage toujours crédule
d'une saison non évasive

## De forlonge

Les maisons de par ici au bas des montagnes
ne sont pas aussi bien rangées que des godillots
les arbres sont des explosions dont la dernière étincelle
vient écumer sur mes mains qui tremblent un peu
désormais je porte en moi
la gaine arrachée d'un long palmier
comme serait le jour sans ton souvenir
la soie grège des cuscutes
qui au piège prennent le dos du site
de la manière très complète du désespoir
des ceibas monstrueux seuls auxquels
dès maintenant je ressemblerais dépouillé des feuilles
de mon amour
je divague entre houle et javelles que fait tumultueuse
la parole des albizzias
il y a en face de moi un paysan extraordinaire
ce que chante le paysan c'est une histoire
de coupeur de cannes

han le coupeur de cannes
saisit la dame à grands cheveux
en trois morceaux la coupe

ah le coupeur de cannes
la vierge point n'enterre

la coupe en morceaux
les jette derrière
ah le coupeur de cannes

chante le paysan et vers un soir de coutelas s'avance
sans colère
les cheveux décoiffés de la dame aux grands cheveux
font des ruisseaux de lumière
ainsi chante le paysan
Il y a des tas de choses dont je ne sais pas le nom
et que je voudrais te dire
au ciel ta chevelure qui se retire solennellement
des pluies comme on n'en voit jamais plus des noix
des feux Saint-Elme
des soleils lamés des nuits murmurées
des cathédrales aussi
qui sont des carcasses de grands chevaux rongés
que la mer a crachés de très loin
mais que les gens continuent d'adorer

des tas de choses oubliées
des tas de choses rêvées
tandis que nous deux Lointaine-ma-distraite
nous deux
dans le paysage nous entrons jamais fané
plus forts que cent mille ruts

## Corps perdu

Moi qui Krakatoa
moi qui tout mieux que mousson
moi qui poitrine ouverte
moi qui laïlape
moi qui bêle mieux que cloaque
moi qui hors de gamme
moi qui Zambèze ou frénétique ou rhombe ou
cannibale
je voudrais être de plus en plus humble et plus bas
toujours plus grave sans vertige ni vestige
jusqu'à me perdre tomber
dans la vivante semoule d'une terre bien ouverte.
Dehors une belle brume au lieu d'atmosphère serait
point sale
chaque goutte d'eau y faisant un soleil
dont le nom le même pour toutes choses
serait RENCONTRE BIEN TOTALE
si bien que l'on ne saurait plus qui passe
ou d'une étoile ou d'un espoir
ou d'un pétale de l'arbre flamboyant
ou d'une retraite sous-marine
courue par les flambeaux des méduses-aurélies
Alors la vie j'imagine me baignerait tout entier
mieux je la sentirais qui me palpe ou me mord
couché je verrais venir à moi les odeurs enfin libres

comme des mains secourables
qui se feraient passage en moi
pour y balancer de longs cheveux
plus longs que ce passé que je ne peux atteindre.
Choses écartez-vous faites place entre vous
place à mon repos qui porte en vague
ma terrible crête de racines ancreuses
qui cherchent où se prendre
Choses je sonde je sonde
moi le portefaix je suis porte-racines
et je pèse et je force et j'arcane
j'omphale
Ah qui vers les harpons me ramène
je suis très faible
je siffle oui je siffle des choses très anciennes
de serpents de choses caverneuses
Je or vent paix-là
et contre mon museau instable et frais
pose contre ma face érodée
ta froide face de rire défait.
Le vent hélas je l'entendrai encore
nègre nègre nègre depuis le fond
du ciel immémorial
un peu moins fort qu'aujourd'hui
mais trop fort cependant
et ce fou hurlement de chiens et de chevaux
qu'il pousse à notre poursuite toujours marronne
mais à mon tour dans l'air
je me lèverai un cri et si violent
que tout entier j'éclabousserai le ciel
et par mes branches déchiquetées
et par le jet insolent de mon fût blessé et solennel

je commanderai aux îles d'exister

## Ton portrait

je dis fleuve, corrosif
baiser d'entrailles,
fleuve, entaille, énorme étreinte
dans les moindres marais,
eau forcée forcenant aux vertelles
car avec les larmes neuves
je t'ai construite en fleuve
vénéneux
                    saccadé
                                        triomphant
qui vers les rives en fleur de la mer
lance en balafre ma route mancenillière

Je dis fleuve
comme qui dirait patient crocodile royal
prompt à sortir du rêve
fleuve
comme anaconda royal
l'inventeur du sursaut
fleuve
jet seul comme du fond du cauchemar
les montagnes les plus Pelées.
Fleuve
à qui tout est permis
surtout emporte mes rives

élargis-moi
à ausculter oreille le nouveau cœur corallien des marées
et que tout l'horizon de plus en plus vaste
devant moi
et à partir de ton groin s'aventure
désormais
remous
et liquide

## Sommation

toute chose plus belle

la chancellerie du feu
la chancellerie de l'eau

une grande culbute de promontoires
et d'étoiles
une montagne qui se délite en
orgie d'îles en arbres chaleureux
les mains froidement calmes du soleil
sur la tête sauvage d'une ville détruite

toute chose plus belle toute chose plus belle
et jusqu'au souvenir de ce monde y passe
un tiède blanc galop ouaté de noir
comme d'un oiseau marin qui s'est oublié en plein vol
et glisse sur le sommeil de ses pattes roses

toute chose plus belle en vérité plus belle
ombelle
et térébelle
la chancellerie de l'air
la chancellerie de l'eau
tes yeux un fruit qui brise sa coque sur le coup de minuit
et il n'est plus MINUIT

l'Espace vaincu le Temps vainqueur
moi j'aime le temps le temps est nocturne
et quand l'Espace galope qui me livre
le Temps revient qui me délivre
le Temps le Temps
ô claie sans venaison qui m'appelle

intègre
natal
solennel

## Naissances

Rompue.
Eau stagnante de ma face
sur nos naissances enfin rompues.
C'est entendu,
dans les stagnantes eaux de ma face,
seul,
distant,
nocturne,
jamais,
jamais,
je n'aurai été absent.

Les serpents ?
les serpents, nous les chasserons
Les monstres ?
Les monstres – nous mordant
les remords de tous les jours
où nous ne nous complûmes – baisseront le souffle,
nous flairant.

Tout le sang répandu
nous le lécherons,
en épeautres nous en croîtrons,
de rêves plus exacts,
de pensées moins rameuses.

Ne soufflez pas les poussières,
l'anti-venin en rosace terrible équilibrera l'antique venin ;

ne soufflez pas les poussières ;
tout sera rythme visible,
et que reprendrions-nous ?
pas même notre secret.
Ne soufflez pas les poussières
Une folle passion toujours roide étant ce par quoi tout sera étendu,
ce seront plus que tout escarboucles émerveillables
pas moins que l'arbre émerveillé
arbre non arbre
hier renversé

et vois,
les laboureurs célestes sont fiers d'avoir changé
ô laboureurs labourants
en terre il est replanté
le ciel pousse
il contre-pousse

arbre non arbre
bel arbre immense

le jour dessus se pose
oiseau effarouché

## Dit d'errance

Tout ce qui jamais fut déchiré
en moi s'est déchiré
tout ce qui jamais fut mutilé
en moi s'est mutilé
au milieu de l'assiette de son souffle dénudé
le fruit coupé de la lune toujours en allée
vers le contour à inventer de l'autre moitié

Et pourtant que te reste-t-il du temps ancien

à peine peut-être certain sens
dans la pluie de la nuit de chauvir ou trembler
et quand d'aucuns chantent Noël revenu
de songer aux astres
égarés

voici le jour le plus court de l'année
ordre assigné tout est du tout déchu
les paroles les visages les songes
l'air lui-même s'est envenimé
quand une main vers moi s'avance
j'en ramène à peine l'idée
j'ai bien en tête la saison si lacrimeuse
le jour avait un goût d'enfance
de chose profonde de muqueuse

vers le soleil mal tourné
fer contre fer une gare vide
où pour prendre rien
s'enrouait à vide à toujours geindre le même bras

Ciel éclaté courbe écorchée
de dos d'esclaves fustigés
peine trésorière des alizés
grimoire fermé mots oubliés
j'interroge mon passé muet

Île de sang de sargasses
île morsure de rémora
île arrière-rire des cétacés
île fin mot de bulle montée
île grand cœur déversé
haute la plus lointaine la mieux cachée
ivre lasse pêcheuse exténuée
ivre belle main oiselée
île maljointe île disjointe
toute île appelle
toute île est veuve
Bénin Bénin ô pierre d'aigris
Ifé qui fut Ouphas
une embouchure de Zambèze
vers une Ophir sans Albuquerque
tendrons-nous toujours les bras ?

jadis ô déchiré
Elle pièce par morceau
rassembla son dépecé
et les quatorze morceaux
s'assirent triomphants dans les rayons du soir.

J'ai inventé un culte secret
mon soleil est celui que toujours on attend

le plus beau des soleils est le soleil nocturne

Corps féminin île retournée
corps féminin bien nolisé
corps féminin écume-né
corps féminin île retrouvée
et qui jamais assez ne s'emporte
qu'au ciel il n'emporte
ô nuit renonculée
un secret de polypier
corps féminin marche de palmier
par le soleil d'un nid coiffé
où le phénix meurt et renaît
nous sommes âmes de bon parage
corps nocturnes vifs de lignage
arbres fidèles vin jaillissant
moi sybille flébilant.

Eaux figées de mes enfances
où les avirons à peine s'enfoncèrent
millions d'oiseaux de mes enfances
où fut jamais l'île parfumée
de grands soleils illuminée
la saison l'aire tant délicieuse
l'année pavée de pierres précieuses ?
Aux crises des zones écartelé
en plein cri mélange ténébreux
j'ai vu un oiseau mâle sombrer
la pierre dans son front s'est fichée
je regarde le plus bas de l'année

Corps souillé d'ordure savamment mué
espace vent de foi mentie
espace faux orgueil planétaire
lent rustique prince diamantaire

serais-je jouet de nigromance ?
Or mieux qu'Antilia ni que Brazil
pierre milliaire dans la distance
épée d'une flamme qui me bourrelle
j'abats les arbres du Paradis

# MOI, LAMINAIRE...

*Moi, laminaire...*

*Le non-temps impose au temps la tyrannie de sa spatialité : dans toute vie il y a un nord et un sud, et l'orient et l'occident. Au plus extrême, ou, pour le moins, au carrefour, c'est au fil des saisons survolées, l'inégale lutte de la vie et de la mort, de la ferveur et de la lucidité, fût-ce celle du désespoir et de la retombée, la force aussi toujours de regarder demain. Ainsi va toute vie. Ainsi va ce livre, entre soleil et ombre, entre montagne et mangrove, entre chien et loup, claudiquant et binaire.*
*Le temps aussi de régler leur compte à quelques fantasmes et à quelques fantômes.*

## calendrier lagunaire

j'habite une blessure sacrée
j'habite des ancêtres imaginaires
j'habite un vouloir obscur
j'habite un long silence
j'habite une soif irrémédiable
j'habite un voyage de mille ans
j'habite une guerre de trois cents ans
j'habite un culte désaffecté
entre bulbe et caïeu j'habite l'espace inexploité
j'habite du basalte non une coulée
mais de la lave le mascaret
qui remonte la valleuse à toute allure
et brûle toutes les mosquées
je m'accommode de mon mieux de cet avatar
d'une version du paradis absurdement ratée
        – c'est bien pire qu'un enfer –
j'habite de temps en temps une de mes plaies
chaque minute je change d'appartement
et toute paix m'effraie

        tourbillon de feu
        ascidie comme nulle autre pour poussières
        de mondes égarés
        ayant craché volcan mes entrailles d'eau vive
        je reste avec mes pains de mots et mes minerais
        secrets

j'habite donc une vaste pensée
mais le plus souvent je préfère me confiner
dans la plus petite de mes idées
ou bien j'habite une formule magique
les seuls premiers mots
tout le reste étant oublié
j'habite l'embâcle
j'habite la débâcle
j'habite le pan d'un grand désastre
j'habite le plus souvent le pis le plus sec
du piton le plus efflanqué – la louve de ces nuages –
j'habite l'auréole des cactacées
j'habite un troupeau de chèvres tirant sur la tétine
de l'arganier le plus désolé
à vrai dire je ne sais plus mon adresse exacte
bathyale ou abyssale
j'habite le trou des poulpes
je me bats avec un poulpe pour un trou de poulpe

          frère n'insistez pas
          vrac de varech
          m'accrochant en cuscute
                ou me déployant en porana
          c'est tout un
                et que le flot roule
                et que ventouse le soleil
                et que flagelle le vent
          ronde bosse de mon néant

la pression atmosphérique ou plutôt l'historique
agrandit démesurément mes maux
même si elle rend somptueux certains de mes mots

## annonciades

la bonne nouvelle m'aura été portée à travers la cohue
d'astres jaunes et rouges en fleurs pour la première fois
par une volée de pouliches ivres

elles me disent que les phasmes se sont convertis
en feuillage et acceptent de se constituer en forêts
autonomes
qu'une fumée blanche monte du concile des quiscales
pour annoncer que dans les zones les plus sombres du
ciel des lucarnes se sont allumées

que le courant a été établi depuis le surfin du soleil
jusqu'à la collerette des salamandres montant la garde
aux tunnels
que la rouille est tombée en grêle libérant tout un
imprévu de papillons

que les lamantins couverts de pierreries
remontent les berges
que toute la cérémonie enfin a été ponctuée par le tir
solennel des volcans installant de plein droit des lacs
dans leur cratère

poussants mon fol élan
feuillants ma juste demeure
racines ma survie
une goutte de sang monte du fond
seule incline le paysage
et au faîte du monde
fascine
une mémoire irréductible

## épactes...

la colline d'un geste mou saupoudrait
les confins des mangroves amères.
Aussitôt l'enlisement : je l'entendais claquer
du bec et reposer plus silencieusement
dans le scandale de ses mandibules.
Une complicité installait sa bave dans un remords
de sangsues et de racines.
On a tôt fait de médire des dragons : de temps en temps
l'un d'eux sort de la gadoue,
secouant ses ailes arrosant les entours et le temps
de disperser barques et hourques se retire
au large dans un songe de moussons.
Si de moi-même insu je marche suffocant d'enfances
qu'il soit clair pour tous que calculant les épactes
j'ai toujours refusé le pacte de ce calendrier lagunaire

## Léon G. Damas
## feu sombre toujours...
*(in memoriam)*

des promesses qui éclatent en petites fusées
de pollens fous
des fruits déchirés
ivres de leur propre déhiscence
la fureur de donner vie à un écroulement de paysages
(les aperçus devenant l'espace d'un instant
l'espace entier et toute la mémoire reconquise)
une donne de trésors moins abyssaux
que révélés (et dévoilés tellement amicaux)

et puis ces détonations de bambous annonçant sans répit
une nouvelle dont on ne saisit rien sur le coup
sinon le coup au cœur que je ne connais que trop

soleils
oiseaux d'enfance déserteurs de son hoquet
je vois les négritudes obstinées
les fidélités fraternelles
la nostalgie fertile
la réhabilitation de délires très anciens
je vois toutes les étoiles de jadis qui renaissent et sautent de leur site ruiniforme
je vois toute une nuit de ragtime et de blues

traversée d'un pêle-mêle de rires
et de sanglots d'enfants abandonnés

et toi

qu'est-ce que tu peux bien faire là
noctambule à n'y pas croire de cette nuit vraie
salutaire ricanement forcené des confins
à l'horizon de mon salut

frère
          feu sombre toujours

## test...

les chercheurs de silex
les testeurs d'obsidienne
ceux qui suivent jusqu'à l'opalescence
l'invasion de l'opacité
les créateurs d'espace

allons les ravisseurs du Mot
les détrousseurs de la Parole
il y avait belle lurette qu'on leur avait signifié
leur congé
de la manière la plus infamante.

## par tous mots
## guerrier-silex

le désordre s'organise évalueur des collines
sous la surveillance d'arbres à hauts talons
implacables pour tout mufle privé de la rigueur
des buffles

ça

le ça déglutit rumine digère
je sais la merde (et sa quadrature)
mais merde

que zèle aux ailes nourrisse le charognard bec
la pouture sans scrupules
tant le cœur nous défaut
faux le rêve si péremptoire la ronde
de ce côté du moins s'exsude
tout le soleil emmagasiné à l'envers
du désastre

car
  œil intact de la tempête

aurore
    ozone
        zone orogène

par quelques-uns des mots obsédant une torpeur
et l'accueil et l'éveil de chacun de nos maux
je t'énonce
FANON
tu rayes le fer
tu rayes le barreau des prisons
tu rayes le regard des bourreaux
guerrier-silex
vomi
par la gueule du serpent de la mangrove

## pour dire...

pour revitaliser le rugissement des phosphènes
le cœur creux des comètes

pour raviver le verso solaire des rêves
leur laitance
pour activer le frais flux des sèves la mémoire
des silicates

colère des peuples débouché des Dieux leur ressaut
patienter le mot son or son orle
jusqu'à ignivome
sa bouche

## sentiments et
## ressentiments des mots

il y a les archanges du Grand Temps
qui sont les ambassadeurs essaimés de la Turbulence
on les avait crus jusqu'à présent prisonniers
d'un protocole sidéral
les voici accueillis sur le seuil des cases
par de grandes attentes en armure verte
les mêmes qui les ont fascinés de très loin
de leurs calmes yeux insomniaques à peine
rougis du cheminement d'un lendemain naissant

il y a aussi les capteurs solaires du désir
de nuit je les braque : ce sont mots
que j'entasse dans mes réserves
et dont l'énergie est à dispenser
aux temps froids des peuples
(ni drêches ni bagasses
poussez les feux précieux
il serait immoral
que les dévoltages du Temps
puissent résister aux survoltages du Sang)

dévaler dur
contourner aux lieux choisis de la gravité historique
quelques abîmes
revenir dans cette mangrove buisson de lèvres

et de mancenilliers
encore toujours encore
c'est la rancœur des mots qui nous guide
leur odeur perfide
    (bavure faite de l'intime amitié de nos blessures
    comme leur rage n'était que la recristallisation
    d'incendies de ghettos)
le mot oiseau-tonnerre
le mot dragon-du-lac
le mot strix
le mot lémure
le mot touaou
        couresses que j'allaite

ils me reniflent et viennent
      à l'heure
          au lieu
              à moi
pour être
s'y faisant un groin la griffe
                    le bec
l'abandon est plus loin au crépuscule sur le sable
        mal sade et fade
et l'atroce rancune de salive ravalée du ressac

## mangrove

il n'est pas toujours bon de barboter dans le premier marigot venu
il n'est pas toujours bon de se vautrer dans la torpeur des mornes
il n'est pas toujours bon de se perdre
dans la contemplation gnoséologique
au creux le plus fructueux des arbres généalogiques
(le risque étant de s'apercevoir que l'on s'est égaré au plus mauvais carrefour de l'évolution)
alors ?
  je ne suis pas homme à toujours chanter Maré Maré
  le guerrier qui meurt que nul ne voit tomber
terre et eaux bave assez
      poitrail d'avril
      étrave
      cheval

## chanson de l'hippocampe

petit cheval hors du temps enfui
bravant les lès du vent et la vague et le sable turbulent
petit cheval
          dos cambré que salpêtre le vent
tête basse vers le cri des juments
petit cheval sans nageoire
                    sans mémoire
débris de fin de course et sédition de continents
fier petit cheval têtu d'amours supputées
mal arrachés au sifflement des mares

un jour rétif
          nous t'enfourcherons

et tu galoperas petit cheval
sans peur
vrai dans le vent le sel et le varech

## épaves

l'incapacité d'un dire ou de très réels chevaux
hennissant
fatras d'écoute
fatras de houles de criques d'herbes froissées
leur odeur seule transmission sûre de la vomissure

appels déchiquetés de conques sans appel
                    odeurs odeurs
                               sueurs
                                     et
                                     lueurs
poussière de rites de mythes
– mémoires mangée aux mites –
fou farfouillement de sources
parmi le bric-à-brac de terres qui s'éboulent
aux paysages-mirages
                      virage à l'habitude et
                                 narquois
le grand air silencieux de la déchirure

## ordinaire...

incidents de voyage :
de la vermine
un ordinaire de mouches
un obsédant baiser de ravets
là-haut de feuillage en feuillage
l'armée des lunes lançant leurs vagues à l'assaut
de quels singes
attention dans les vallées
le velours du détour
se mesure à un désordre d'insectes abrutis
flaque
de toute façon
il n'est pas recommandé de se complaire
aux haltes

## odeur

mais vint l'odeur
    l'odeur dit.
        sobrement dit.
de goémon
    de sueur de nègres
    d'herbe
    de vesou
    de coutelas
    de mangle.
l'odeur dit
    c'est tout dire.
l'odeur n'est pas vide.
    l'odeur n'a pas de rides.

## la condition-mangrove

Le désespoir n'a pas de nom
une main agite mou le drapeau de toutes les redditions
c'est le grand anguillard qui nous fait signe
que les gentillesses sont hors de saison
On tourne en rond. Autour du pot.
Le pot au noir bien sûr.
Noire la mangrove reste un miroir.
Aussi une mangeoire.
La mangrove broie-tapie à part.
La mangrove respire. Méphitique. Vasard.
La tourbière serait bien pire.
(Ce n'est rien que du haut : mort à la base
même portant beau)
Au contraire le fruit flotte le poisson grimpe
aux arbres
On peut très bien survivre mou
en prenant assise sur la vase commensale
L'allure est des forêts.
La dodine
        celle du balancement des marées

## les fleuves ne sont pas impassibles

même tabac
cette grande balafre à mon ventre
ou ce fleuve en plein cœur
seul réveil
la parole des ressauts
mal débité ce sang
le courage n'est pas de remonter
le regard s'égare vers le bas aux vasières
que fixe seul hagard
poto-poto des Calabars
le pied des palétuviers

## banal

rien que la masse de manœuvre de la torpeur à manœu-
vrer
rien que le jour des autres et leur séjour
rien que ce troupeau de douteux lézards qui reviennent
plutôt gaiement
du pâturage et leurs conciliabules infâmes
aux découpes de bayous
de mon sang méandre à mumbo-jumbo

rien que cette manière de laper chaque hasard
de mon champ vital
et de raréfier à dose l'ozone natal

rien que le déménagement de moi-même sous le rire
bas
des malebêtes
rien que l'hégémonie du brouillard qu'atteste la nappe
qu'il s'est tirée
sur la cendre des vies entraperçues de tours
écroulées
de désirs à peine mâchés puis recrachés (épaves
qui
m'absentent)

rien que du passé son bruit de lointaine canonnade
dans le ciel

je ne le sais que trop
un visage à organiser
une journée à déminer
et toujours cette maldonne à franchir étape par étape
à charge pour moi d'inventer chaque point d'eau.

## éboulis

pensées éboulis d'abris
rêves-boiteries
désirs segments de sarments
(une combinatoire qui s'excède)
rien de tout cela n'a la force d'aller bien loin
essoufflés
ce sont nos oiseaux tombant et retombant
alourdis par le sucroît de cendre des volcans

hors sens. hors coup. hors gamme.
à preuve les grands fagots de mots qui dans les coins
s'écroulent.
rage. ravage. coup de chien. coup de tabac. coup pour
rien.

autant tracer des signes magiques
sur un rocher
sur un galet
à l'intention des dieux d'en bas pour exercer
leur patience.

à vrai dire
j'ai le sentiment que j'ai perdu quelque chose :
une clef la clef
ou que je suis quelque chose de perdu
rejeté, forjeté

au juste par quels ancêtres ?
inutile d'accuser la dérive génétique

vaille que vaille la retrouvaille

encore que le combat soit désormais avec le paysage
qui de temps en temps crève la torpeur des compitales
à petit coup d'un ressentiment douteux

## maillon de la cadène

avec des bouts de ficelle
avec des rognures de bois
avec de tout tous les morceaux bas
avec les coups bas
avec des feuilles mortes ramassées à la pelle
avec des restants de draps
avec des lassos lacérés
avec des mailles forcées de cadène
avec des ossements de murènes
avec des fouets arrachés
avec des conques marines
avec des drapeaux et des tombes dépareillées
                    par rhombes
                    et trombes
te bâtir

## j'ai guidé du troupeau
## la longue transhumance

marcher à travers des sommeils de cyclones transportant
des villes somnambules dans leurs bras endoloris
croiser à mi-pente du saccage des quartiers entiers
d'astres fourvoyés

marcher non sans entêtement à travers ce pays sans cartes dont la décomposition périphérique aura épargné
je présume l'indubitable corps ou cœur sidéral

marcher sur la gueule pas tellement bien ourlée
des volcans

marcher sur la fracture mal réduite des continents
(rien ne sert de parcourir la Grande Fosse
d'inspecter tous les croisements d'examiner les ossements
de parent à parent il manque toujours un maillon)

marcher en se disant qu'il est impossible
que la surtension atmosphérique
captée par les oiseaux parafoudres
n'ait pas été retransmise quelque part
en tout cas quelque part un homme est qui l'attend
il s'est arrêté un moment

le temps pour un nuage d'installer une belle parade
de trochilidés
l'éventail à n'en pas douter à éventer d'or jeune
la partie la plus plutonique d'une pépite qui n'est pas
autre chose que le ventre flammé d'un beau temps
récessif

## journée

pour me distraire
vais-je prendre en charge encore cette journée ?
pour me distraire à mon ordinaire je bâtis.
quelques chicots – il ne reste plus que cela de dur –
quelques oiseaux au-dessus de la merde
quelques crachats

et c'est une ville harassée de nuages
que mégote goguenard
le museau d'un volcan inattentif.

## soleil safre

au pied de volcans bègues
plus tôt que le petit brouillard violet qui monte
de ma fièvre je suis assis au milieu d'une cour
horologue de trois siècles accumulés en fientes
de chauves-souris
sous la fausse espérance de doux grigris

déjà hurlant d'âme chienne
et portant les vraies chaînes
ai-je mille de mes cœurs rendu
pour celui d'aujourd'hui qui
très fort
à la gorge nous remonte
parakimomène de hauts royaumes amers
moi
soleil safre

## algues

la relance ici se fait
par le vent qui d'Afrique vient
par la poussière d'alizé
par la vertu de l'écume
et la force de la terre

nu
l'essentiel est de sentir nu
de penser nu
            la poussière d'alizé
            la vertu de l'écume
            et la force de la terre
la relance ici se fait par l'influx
plus encore que par l'afflux
            la relance
                    se fait
                          algue laminaire

## mot-macumba

le mot est père des saints
le mot est mère des saints
avec le mot *couresse* on peut traverser un fleuve
peuplé de caïmans
il m'arrive de dessiner un mot sur le sol
avec un mot frais on peut traverser le désert
d'une journée
il y a des mots bâton-de-nage pour écarter les squales
il y a des mots iguanes
il y a des mots subtils ce sont des mots phasmes
il y a des mots d'ombre avec des réveils en colère
d'étincelles
il y a des mots Shango
il m'arrive de nager de ruse sur le dos d'un mot dauphin

## ça, le creux

ça ne se meuble pas
c'est creux
ça ne s'arrache pas
ce n'est pas une fleur
ça s'effilocherait plutôt
étoupe pour étouffer les cris
(s'avachissant ferme)
ça se traverse
– pas forcément à toute vitesse –
tunnel
ça se gravit aussi en montagne
glu
le plus souvent ça se rampe

## nuits

les nuits de par ici sont des nuits sans façon
elles sont toujours en papillotes
elles ne sont pas sans force
même si elles sont sans mains pour brandir le coutelas
mais force reste à la loi – à l'angoisse
la nuit ici
          descend
               de grillons en grenouilles
          doucement les pieds nus
          en bas
          un gosier de coq patiente
          pour cueillir la giclée
ce n'est pas toujours de la cellule de gestion
de la catastrophe
que la journée téméraire fait part de sa propre naissance

## ne pas se méprendre

que la sève ne s'égare pas aux fausses pistes
on s'étonne
moins (vomie de flammes)
que la chimère éteinte se traînaille en limace
Ravine Ravine
être ravin du monde
ce n'est pas se complaire à n'être
que le clandestin Cédron de toute la vermoulure
mauvais ange
            cœur trop tard débarqué
mauvais ange
            cœur trop mal embarqué
la force de mon soleil s'inquiète de la capacité
d'une journée d'homme

## pirate

sa part du soleil ?
ses caprices ne sont pas sans rigueur
parfois il se cache la tête dans un sac de cendres
c'est là sa colère
parfois exposé
au vol bleu des heures tournoyant au-dessus de sa tête
c'est qu'il médite
il sait aussi sauter
parfois il se ronge
et lance à l'horizon une furie de galles
brandissant leur sexe sanglant
parfois il se peigne avec des dents de lémurien
parfois c'est un rien un fantôme – le mien –

pirate guet-apens de remords
le Soleil n'est pas là en intrus

## pierre

le verra-t-on enfin endosser sa propre force
le verra-t-on coup de cœur de l'éclair
sur la masse fade du faubourg
il pensa l'épaisseur de la nuit
il pensa longue
          longue
la longue moustache longue de l'incurable pacarana
il pensa la logique de l'outrage
alors il dit la pierre plus précieuse que la lumière

l'eau se trempant de feuilles vertes
il plut l'approche d'une équinoxe

## *solvitur...*

sans cette colère c'est clair
il ne s'agirait plus que d'une douceâtre fiente de
malfini
mal dilué par les eaux

vomi des terres
je salue le vieux lion et son courroux de pierres

dans ce paysage
          – éclairage d'une rémanence –
            *igitur*
          non.
            *solvitur*

## transmission

le surplus
        je l'avais distribué aux rides des chemins
        à l'acharnement des ravins
les forces ne s'épuisent pas si vite
quand on n'en est que le dépositaire fragile.
qui combien aux prix de quels hasards
les avaient amassées ?

        un signe
        un rien
        une lueur au bas du ciel
        une flamme née du sol
        un tremblement de l'air
        le signe que rien n'est mort

je hurlais :
        vous n'avez pas le droit de laisser couper
        le chemin de la transmission

je hurlais :
   la bouffonnerie des neurones
   suffit à mettre hors de cause l'état de la caldeira

je hurlais au violent éclatement

cependant le temps me serpait dur
jusqu'à la racine intacte.

## lenteur

la suractivation des terres
qui n'est pas autre chose que la compensation
de la lenteur des sangs
je la retrouve dieu merci
dans ce délire compliqué de roches mal roulées
que l'on a trop vite fait de qualifier d'infernal
comme si l'enfer n'était pas
précisé par cette foutaise solaire assez peu ingénue.

arrêtez le gâchis
    on a peine à s'imaginer que tout est perdu
    puisque l'énergie des cendres est toujours là
    et souffle de temps en temps
                        à travers les décombres.

## connaissance des mornes

les mornes se sont pas une convulsion d'oiseaux géants
étouffés par le vent

les mornes ne sont pas un désespoir de cétacés
condamnés à l'échouage

les mornes ne sont pas une culbute de taureaux
s'effondrant sous le coup de poignard de Mithra

mornes
        mornes mâles
        mornes femelles
tendres cous d'animaux aussi frémissant au repos
mornes miens
        mornes témoins
effort
        je n'ai pas méconnu
récade ou torche trop précoce
votre hache plantée claire
dans le cœur sec des sommeils et la stupeur des sables

## torpeur de l'histoire

entre deux bouffées d'oiseaux personnels
l'hébétude et la route à mi-côte
gluante d'un sperme cétacé
le malheur au loin de l'homme se mesure aux silences
de ce volcan qui survit en clepsydre aux débris
de son courage
la chose à souhaiter c'est le vent
je me mets sur le passage du vent
pollens ou aile je me veux piège à vent
              jouet du vent
              guette du vent méprisant
ah ! cette route à mi-côte et son surplus solide
j'attends
            j'attends
                        le vent

## sans instance ce sang

toujours, pas tant vif que beau, l'air, sauf ce souffle que nous pousse la vraie terre, langue bleue et fidèle précation d'ancêtres

je vois, descendant les marches de la montagne, dans un dénouement que rendent vaste les papillons, les reines qui sortent en grande dentelle de leurs prisons votives

elles s'étonnent à bon droit que le feu central consente à se laisser confiner pour combien de temps encore dans la bonne conscience des châteaux de termitières qu'il s'est édifiés un peu partout

quant au Soleil, un Soleil de frontière
il cherche le poteau-mitan autour duquel faire tourner
pour qu'enfin l'avenir commence

ces saisons insaisissables ce ciel sans cil et sans instance ce sang foyer...

mémoire honorant le paysage
décompte
le foyer nourrit à s'y méprendre l'équité d'un cratère
un souvenir de peau très douce ne s'interdit pas
aux paumes d'un automne

## la Justice écoute aux portes de la Beauté

une envolée
s'immobilise en fougères arborescentes
et gracieusement salue en inclinant leurs ombrelles
à peine frémissantes

une saison plus bas la Reine met pied à terre
elle revient dans la confidence des éléments
d'une cérémonie où elle a présidé
à l'opalisation du désastre et à la transmutation
des silicates

très simplement elle dépose sa couronne
qui n'est paradoxalement qu'une guirlande de fleurs
de técomarias très intenses

et nous fait les honneurs de son palais paraquatique
gardé de varans de pierre

drapeaux draperies scories pêle-mêle de fanfares
et de sèves
par feu par cendres
      sachons :

la tache de beauté fait ici sa tâche
elle sonne somme exige l'obscur déjà

et que la fête soit refaite
et que rayonne justice
en vérité la plus haute

## passage d'une liberté

le noir pavillon claquant au vent toujours barbaresque
les feux à mi-chemin entre la lumière biologique la plus pressante et la sérénité des constellations
la mise en contact qui ne peut se faire qu'à partir de très rares macles de minéreux

Cimarrone sans doute

(le pan de ce visage qui dans l'écume d'un silence
tombe avec des biseautés de mangue)
tellement à la faveur d'oiseaux
dont l'office est à force de pollen
de corriger les bévues des Érinnyes et le raide vin des murènes

## inventaire de cayes

*(à siffler sur la route)*

beaux
beaux
Caraïbos
quelle volière
quels oiseaux

cadavres de bêtes
cadavres d'oiseaux
autour du marécage
moins moins beau le marécage
moins beau que le Maracaïbo

beaux beaux les piranhas
beaux beaux les stymphanos
quant à vous sifflez sifflez
(encore un mauvais coup d'Eshu)

boca del Toro
boca del Drago

chanson chanson de cage
adieu volière
adieu oiseaux

## à valoir...

contrefaisances
ceux qui de leur pierre à regards assassinent
les plus exotiques printemps
les saccageurs convergents
des plus somptueuses parures des sporanges des plasmodes
au guachamaca dont même la fumée empoisonne
blanche caresse de ce fond de ravin
nuages
traîneurs des savates éculées du soleil dans le ciel
des peuples résignés
oiseaux débris de vol
siffle-sève sévères
il n'est pas que vous n'ayez pas compris sa pompe et mon attente mesurée au déclic d'horloge du serpent-minute
l'explosion
après quoi il est convenu d'apprécier que
vient la poigne rude du petit matin attentatoire
de planter au faîte d'un poui le plus oublié
sa parure de feu
    son dolman de sang
        son drapeau de rage et de renouveau

## conspiration...

les pierres leur furent sans moelle prison d'escargots
et passion de pagures les insectes au bâillon
cervelle brûlée dans le creux des métaux.

prirent en haine leur démon
troquèrent contre muids fades sans toxines
les pieuvres de leur sang et leurs tendres bras longs.

dénoncèrent les pactes même les plus millénaires
cependant que s'installa le crémeux sourire blanc.

qui, qui donc envoyait le grand froid, loas ?
celui du sexe, celui de l'arbre à pain et de la pierre
et de la sève qui fut jadis rouissage de colibris ?

en tout cas, je suis, moi, de la plus longue marche
et je ne déteste pas qu'on se le redise
j'ai noué contre la toute-puissance glaciation
la conspiration avouée
de l'ours noir et de l'albatros des Galapagos
du manate et de l'agami trompette, de l'eau de mer
et des cratères

exarque des avalanches j'ai convoqué pour toutes utiles
représailles

pour le rebrousse-temps et le rebrousse-sang
tous les réchauffeurs solaires rolliers et tisserins.

quant au sang qui est de mèche
nous prendrons par les bédières
et nous passerons au col du Désastre
– impudence et virulence – les mots lassos

on a souvent vu une giclée d'eau vivante
faire tomber la tête de la Bête.

## monstres

je les reconnais
l'odeur le souffle le rien
contact de mufles
états d'âme
états-aoûtats
ma terreur est de voir déboucher l'escouade des sans nom
ceux-là travaillent dans le furtif le soir la soie
lapant souriant l'évidence d'une chaleur – leur proie

ou bien selon les besoins de leur saison grignotant le coprah non exangue, sifflant chaque goutte à travers la paille de chaque seconde, coupant les muscles au fil du silence,
le Monstre.

il y a longtemps que j'ai dressé la carte de ses subterfuges
mais il ne sait pas qu'au moment du répit
le sortant de ma poitrine j'en ferai un collier
de fleurs voraces
et je danse Monstre je danse
dans la résine des mots et paré d'exuvies
nu.

ma défense : gravés par la dent du sable sur le galet
– c'est mon cœur arraché des mains du séisme –
LE CHIFFRE

## internonce

il m'arrive de le perdre
des semaines
c'est ma créature mais rebelle

un petit mot couresse
un petit mot crabe-c'est-ma-faute
un petit mot pétale de feu
un petit mot pétrel plongeur
un petit mot saxifrage de tombeaux

petit mot qui m'atteste je te lance tiaulé
dans le temps et les confins
assistant à ton assaut sévère
spectral et saccadé
et de mon sang luciole parmi les lucioles

## chemin

reprenons
        l'utile chemin patient
        plus bas que les racines le chemin de la graine
le miracle sommaire bat des cartes
mais il n'y a pas de miracle
seule la force des graines
selon leur entêtement à mûrir

parler c'est accompagner la graine
jusqu'au noir secret des nombres

## version venin

les combinaisons les plus variées nous ramènent toujours
à la version d'un venin de feu ou même
à la vermine des métaux
l'avenir étant toujour scellé aux armes de la rouille
et du cachet des cendres
le décompte des décombres n'est jamais terminé.

## abîme

il pensa à la logique des dents du marécage
il pensa au plomb fondu dans la gorge de la Chimère
il pensa à une morgue de becs dans le mouroir des coraux
il pensa à la prorogation sans limites à travers
les plages du temps
de la querelle séculaire
(le temps d'une éclipse d'âme il y eut en travers
de moi-même la passion d'un piton)
il pensa à un trottinement de souris dans le palais
d'une âme royale
il pensa à la voix de chiourme étranglée d'une chanson
puis par la halte sans âme d'un troupeau
à un isolat de limaces de mer coiffées de leur casque à venin

ainsi
        toute nostalgie
                                à l'abîme
                                            roule

## saccage

il faut savoir traverser toute l'étendue du sang
sans être happé par les dents de dragon
d'un rêve de trahison

il faut savoir traverser toute l'épaisseur du sang
avec trois voyelles de fraîche eau
anxieusement renouvelée par l'oriflamme
toujours à reconsidérer d'une chaîne à briser

il faut savoir traverser le défilé nocturne
avec pour contrebande le reflet du dernier pain de
singe
arraché au dernier baobab

il faut savoir longer sans défaillance cette falaise
d'où le pied de Scyrron nourrit d'un filet
de chairs fades une émeute de tortues

moins difficile en vérité moins difficile
que de supporter le saccage du grand cœur des saisons
soleil étourdiment distribué aux vers luisants
en brûlant en sang pur une attente incrédule

## ibis-anubis

quelques traces d'érosion
des habitudes de gestes (produits de corrosion)
les silences
des souvenirs aussi raz-de-marée
le chant profond du jamais refermé
impact et longue maturation de mangrove

sourde la sape
toujours différé l'assaut
il est permis de jouer les rites du naufrage
(à situer quelque part entre allusion et illusion
la signature douloureuse d'un oiseau
sous les alphabets incompréhensibles du moment)

je ne saurai jamais premières d'un message
quelles paroles forcèrent ma gorge
ni quel effort rugina ma langue
que me reste-t-il ce jour sinon penser
qu'à la face du destin à l'avance j'éructai une vie
j'ai tiré au sort mes ancêtres une terre plénière
mais qui blesse qui mutile
tout ce qui abâtardit le fier regard
ou plus lente
ou plus riche
la curée urubu ou le rostre zopilote

j'ai eu je garde j'ai
                le libre choix de mes ennemis

Couchant fantôme si s'y allume le mien
parole grand duc tu planeras ce cri à sa gueule d'anubis

## crevasses

*Ich steige schon dreihundert Jahre,*
*Und Kann den Gipfel nicht erreichen.*
Goethe, Faust
*Je grimpe depuis trois cents ans*
*et ne puis atteindre le sommet.*

La sombre épellation établit sa loi : ... Ure... Usure ! Barbarie... Blessure ! Le Temps, lui, connaît le blason et démasque à temps son mufle forban. Précisément. Inutile que l'on se donne un quelconque signal. La route est de cervelle toujours libre.
On a toute licence : on avance, on pénètre dans le taillis, dans le fouillis. Tel est bien le piège.
Comme de juste, on s'empêtre dans les galaxies de limaille de semailles accumulées en conglomérats de madrépores : traces et rémanences. On marche à quatre pattes. On se dépêtre. Courbé toujours mais avançant. Allongées de récifs encapuchonnés de paquets rescapés de serpents fer-de-lance (à identifier d'ailleurs).
Pêle-mêle de silice, des traînées, de menées sournoises d'algues à déjouer, toute une cartoucherie clandestine, une musserie innommable, du décrochez-moi-ça antédiluvien et pouacre.
On tourne en rond. La naïveté est d'attendre qu'une voix, je dis bien qu'une voie vous dise : *par ici la sortie !* N'existe que le nœud. Nœud sur nœud. Pas d'embouchure.

La technique du pont de lianes sur l'abîme croupissant
est trop compliquée. Oubliée depuis longtemps.
Longtemps une crevasse creusera et, déjà, ronge.
Crevasses. Cloportes. Enjamber ? A quoi bon ?
Moi qui rêvais autrefois d'une écriture belle de rage !
Crevasses j'aurai tenté.

## faveur

je croise mon squelette
qu'une faveur de fourmis manians porte à sa demeure
(tronc de baobab ou contrefort de fromager)
il va sans dire que j'ai eu soin de ma parole
elle s'est blottie au cœur d'un nid de lianes
noyau ardent d'un hérisson végétal
c'est que je l'ai instruite depuis longtemps
à jouer avec le feu entre les feux
et à porter l'ultime goutte d'eau sauvée
à une quelconque des lointaines ramifications du soleil
soleil sommeil
quand j'entendrai les premières caravanes de la sève passer
peinant vers les printemps
être dispos encore

vers un retard d'îles éteintes et d'assoupis volcans

## laisse fumer

toron.
   taureau
      du fauve
         du rétiaire
            et l'heure et le péril
moi l'encordé du toujours
toujours dans la gorge
ce passé en boule non mâché
toujours ce lendemain noué
toujours notre rage aussi de ne savoir pas vivre
au fait faut-il savoir ?
Féroces. c'est ça.
            nous définir féroces.
Avec le nous-mêmes.
Avec les hiers (pas bleus du tout)
avec demain inapaisé
            (des demains sans lendemains)
On enrage de n'avoir pas la vertu qui renonce
                  Parlage.
                           Parlure.
Le faire rétrécit
               laisse fumer le volcan.

## dorsale bossale

il y a des volcans qui se meurent
il y a des volcans qui demeurent
il y a des volcans qui ne sont là que pour le vent
il y a des volcans fous
il y a des volcans ivres à la dérive
il y a des volcans qui vivent en meutes et patrouillent
il y a des volcans dont la gueule émerge de temps en temps
véritables chiens de la mer
il y a des volcans qui se voilent la face
toujours dans les nuages
il y a des volcans vautrés comme des rhinocéros fatigués dont on peut palper la poche galactique
il y a des volcans pieux qui élèvent des monuments
à la gloire des peuples disparus
il y a des volcans vigilants
des volcans qui aboient
montant la garde au seuil du Kraal des peuples endormis
il y a des volcans fantasques qui apparaissent
et disparaissent
(ce sont jeux lémuriens)
il ne faut pas oublier ceux qui ne sont pas les moindres
les volcans qu'aucune dorsale n'a jamais repérés

et dont de nuit les rancunes se construisent
il y a des volcans dont l'embouchure est à la mesure
exacte de l'antique déchirure.

## la loi des coraux

nous les chiffonniers de l'espoir
les porteurs du fameux chromosome
qui fait les écouteurs de géodes et d'hélodermes
nous de la dernière glane et des ondes de choc

s'il a attendu
le cœur battant et chaque fois plus absurde
chaque goutte de sang
s'il a bramé à la lisière d'être là
s'il s'est accroché furieusement
à un bouillonnement d'oiseaux loquaces
se disputant une carne dont
sa jeunesse est le trophée
s'il a senti à travers le vêtement émincé de la peau
chaque fois plus profonde la morsure du dieu
        (âge et son péage)
s'il a reconnu rôder autour de l'atoll qui s'épuise
le mollusque rongeur – la loi de ces coraux

du naufrage qu'une île s'explicite
selon une science d'oiseau-guide aguerri
        divaguant très tenace
vers les rochers sauvages de l'avenir.

## la force de regarder demain

les baisers des météorites
le féroce dépoitraillement des volcans à partir
de jeux d'aigle

la poussée des sous-continents arc-boutés
eux aussi aux passions sous-marines

la montagne qui descend ses cavalcades à grand galop
de roches contagieuses

ma parole capturant des colères
soleils à calculer mon être
            natif natal
                        cyclopes violets des cyclones
n'importe l'insolent tison
            silex haut à brûler la nuit
épuisée d'un doute à renaître
la force de regarder demain

*Quand*
*Miguel Angel Asturias*
*disparut*

## quand Miguel Angel Asturias disparut

bon batteur de silex
jeteur à toute volée de grains d'or dans l'épaisse
crinière de la nuit hippocampe
ensemenceur dément de diamants
brise-hache comme nul arbre dans la forêt
Miguel Angel s'asseyait à même le sol
disposant un grigri dans l'osselet de ses mots
quatre mots de soleil blanc
quatre mots de ceiba rouge
quatre mots de serpent corail

Miguel Angel se versait une rasade
de tafia d'étoiles macérées neuf nuits
à bouillir dans le gueuloir non éteint des volcans
et leur trachée d'obsidienne

Miguel Angel contemplait dans le fond de ses yeux
les graines montant gravement à leur profil d'arbres

Miguel Angel de sa plume caressait
la grande calotte des vents et le vortex polaire

Miguel Angel allumait de pins verts
les perroquets à tête bleue de la nuit

Miguel Angel perfusait d'un sang d'étoiles de lait
de veines diaprées et de ramages de lumières

la grise empreinte
de l'heure du jour des jours du temps des temps

et puis
Miguel Angel déchaînait ses musiques sévères
une musique d'arc
une musique de vagues et de calebasses
une musique de gémissements de rivières
ponctuée des coups de canon des fruits du couroupite
et les burins de quartz se mettaient à frapper
les aiguilles de jade réveillaient les couteaux de silex
et les arbres à résine

ô Miguel Angel sorcier des vers luisants

le saman basculait empêtré de ses bras fous
avec toutes ses pendeloques de machines éperdues
avec le petit rire de la mer très doux
dans le cou chatouilleux des criques
et l'amitié minutieuse du Grand Vent

quand les flèches de la mort atteignirent Miguel Angel
on ne le vit point couché
mais bien plutôt déplier sa grande taille
au fond du lac qui s'illumina

Miguel Angel immergea sa peau d'homme
et revêtit sa peau de dauphin

Miguel Angel dévêtit sa peau de dauphin
et se changea en arc-en-ciel

Miguel Angel rejetant sa peau d'eau bleue
revêtit sa peau de volcan

et s'installa montagne toujours verte
à l'horizon de tous les hommes

*Wifredo Lam*

Mantonica Wilson, ma marraine, avait le pouvoir de conjurer les éléments... Je l'ai visitée dans sa maison remplie d'idoles africaines. Elle m'a donnée la protection de tous ces dieux : de Yemanja déesse de la mer, de Shango, dieu de la guerre compagnon d'Ogun-Ferraille, dieu du métal qui dorait chaque matin le soleil, toujours à côté d'Olorun, le dieu absolu de la création.

Wifredo Lam

## Wifredo Lam...

rien de moins à signaler
que le royaume est investi
le ciel précaire
la relève imminente et légitime

rien sinon que le cycle des genèses vient sans préavis
d'exploser et la vie qui se donne sans filiation
le barbare mot de passe

rien sinon le frai frissonnant des formes qui se libèrent
des liaisons faciles
et hors de combinaisons trop hâtives s'évadent

mains implorantes
mains d'orantes
le visage de l'horrible ne peut être mieux indiqué
que par ces mains offusquantes

liseur d'entrailles et de destin violets
récitant de macumbas
mon frère
que cherches-tu à travers ces forêts
de cornes de sabots d'ailes de chevaux

toutes choses aiguës
toutes choses bisaiguës
mais avatars d'un dieu animé au saccage
envol de monstres
j'ai reconnu aux combats de justice
le rare rire de tes armes enchantées
le vertige de ton sang
et la loi de ton nom.

## conversation
## avec Mantonica Wilson

toi diseur
        qu'y a-t-il à dire
        qu'y a-t-il à dire
y pourvoit la tête de l'hippotrague
y pourvoit le chasse-mouche

toi diseur
        qu'y a-t-il à dire
        qu'y a-t-il à dire
la vie à transmettre
la force à répartir
        et ce fleuve de chenilles

oh capteur
        qu'y a-t-il à dire
        qu'y a-t-il à dire
que le piège fonctionne
que la parole traverse

eh détrousseur
        eh ruseur
ouvreur de routes
laisse jalonner les demeures au haut réseau de la Mort
le sylphe bouffon de cette sylve

## connaître, dit-il

eh connaisseur du connaître
        par le couteau du savoir et le bec de l'oiseau
eh dégaineur
        par le couteau du sexe et l'oiseau calao
eh disperseur de voiles
        ici la croupe des femmes et le pis de la chèvre
ici
   ici
        ici
par tout œil écorcheur de crépuscules
l'orteil qui insiste
comme aux pistes de la nuit
        l'ardent sabot du cheval-vent

## genèse pour Wifredo

plus d'aubier
rien qu'une aube d'os purs
des os qui explosent grand champ
des os qui explosent aux quatre vents
des os qui dansent à peine jaillis du sillon
des os qui crient qui hurlent
qu'on n'en perde
qu'on n'en perde aucun
des os qui par rage se sont emparés
de tout ce qu'il reste de vie

de sang il ne sinue que juste
celui médian d'un verbe parturiant

## façon langagière

clé de voûte
        hiéroglyphes
peu importe la constellation abolie
jamais resserrée l'infinie combinatoire
avertir déborde
le noyau parle
        impossible l'erreur
        difficile l'errance
le hochet directionnel pend aux arbres
à portée de toute main
le losange veille les yeux fermés
ici commence
        repris aux fauves
le territoire sacré mal concédé des feuilles

## passages

(la nécessité de la spéciation
n'étant acceptée que dans la mesure
où elle légitime les plus audacieuses transgressions)
passer dit-il
et que dure chaque meurtrissure
passer
mais ne pas dépasser les mémoires vivantes
passer
(penser est trop rapide)
de tout paysage garder intense la transe
du passage
passer
anabase et diabase
déjà
se dégage du fouillis au loin
tribulation d'un volcan
la halte d'une vive termitière

## rabordaille

en ce temps-là le temps était l'ombrelle d'une femme très belle
au corps de maïs aux cheveux de déluge
en ce temps-là la terre était insermentée
en ce temps-là le cœur du soleil n'explosait pas
(on était très loin de la prétintaille quinteuse
qu'on lui connaît depuis)
en ce temps-là les rivières se parfumaient incandescentes
en ce temps-là l'amitié était un gage
pierre d'un soleil qu'on saisissait au bond
en ce temps-là la chimère n'était pas clandestine
ce n'était pas davantage une échelle de soie contre un mur
contre le Mur
alors vint un homme qui jetait comme cauris
ses couleurs
et faisait revivre vive la flamme des palimpsestes
alors vint un homme dont la défense lisse
était un masque goli
et le verbe un poignard acéré
alors un homme vint qui se levait contre la nuit du temps
un homme stylet
un homme scalpel

un homme qui opérait des taies
c'était un homme qui s'était longtemps tenu
entre l'hyène et le vautour
au pied d'un baobab
un homme vint
un homme vent
un homme vantail
un homme portail
le temps n'était pas un gringo gringalet
je veux dire un homme rabordaille
                                        un homme vint
un homme

## que l'on présente son cœur
## au soleil

la Bête a dû céder sur le sentier de ton dernier défi

Bête aux abois
Mort traquée par la mort
de son masque déchu elle s'arc-boute à son mufle

solaire
l'œuf la suit à la piste

l'aile du tout-à-coup jaillit

la victoire est d'offrir à la gourde des germes
le sexe frais du temps
sur l'aube d'une main mendiante de fantômes

## insolites bâtisseurs

tant pis si la forêt se fane en épis de pereskia
tant pis si l'avancée est celle des fourmis tambocha
tant pis si le drapeau ne se hisse qu'à des hampes desséchées
tant pis
        tant pis
si l'eau s'épaissit en latex vénéneux
préserve la parole
rends fragile l'apparence
capte aux décors le secret des racines
la résistance ressuscite
autour de quelques fantômes plus vrais que leur allure
insolites bâtisseurs

## nouvelle bonté

il n'est pas question de livrer le monde aux assassins
d'aube
        la vie-mort
        la mort-vie
les souffleteurs de crépuscule
les routes pendent à leur cou d'écorcheurs
comme des chaussures trop neuves
il ne peut s'agir de déroute
seuls les panneaux ont été de nuit escamotés
pour le reste
des chevaux qui n'ont laissé sur le sol
que leurs empreintes furieuses
des mufles braqués de sang lapé
le dégainement des couteaux de justice
et des cornes inspirées
des oiseaux vampires tout bec allumé
se jouant des apparences
mais aussi des seins qui allaitent des rivières
et les calebasses douces au creux des mains d'offrande

une nouvelle bonté ne cesse de croître à l'horizon

# TABLE

## CADASTRE

### *Soleil cou coupé*

*Corps perdu*

## MOI, LAMINAIRE...

### *Moi, laminaire...*

*Quand Miguel Angel Asturias disparut*



*Wifredo Lam*

DU MÊME AUTEUR

Cahier d'un retour au pays natal
*poésie*
*revue* Volontés, *1939*
*Bordas, 1947*
*Présence africaine, 1956, 1971*

Les Armes miraculeuses
*poèmes*
*Gallimard, 1946*
*et « Poésie/Gallimard », 1970*

Soleil cou coupé
*poèmes*
*Éditions K, 1948*

Corps perdu
*poèmes*
*(illustrations de Pablo Picasso)*
*Éditions Fragrance, 1949*

Discours sur le colonialisme
*Réclame, 1950*
*Présence africaine, 1955, 1970, 2004*
*Textuel, 2009*

Et les chiens se taisaient
*théâtre*
*Présence africaine, 1956, 1989, 1997*

Lettre à Maurice Thorez
*Présence africaine, 1956*

Ferrements
*poèmes*
*Seuil, 1960*
*et « Points Poésie », n° P1873*

Toussaint Louverture :
la Révolution française et le problème colonial
*essai*
*Présence africaine, 1962, 2004*

La Tragédie du roi Christophe
*théâtre*
*Présence africaine, 1963, 1970*

Une saison au Congo
*théâtre*
*Seuil, 1966*
*et « Points », n° P831*

Premiers jalons pour une politique de la culture
*(en collaboration avec Jacques Rabemananjara*
*et Léopold Sédar Senghor)*
*essai*
*Présence africaine, 1968*

Une tempête.
D'après *La Tempête* de Shakespeare,
adaptation pour un théâtre nègre
*théâtre*
*Seuil, 1969*
*et « Points », n° P344*

Œuvres complètes
*poésie, théâtre, essais*
*Éditions Desormeaux, 1976*

Moi, laminaire
*poèmes*
*Seuil, 1982*
*et « Points Poésie », n° P1447*

La Poésie
*œuvre poétique complète*
*Seuil, 1994, 2006*

Tropiques
*Revue culturelle (1941-1945)*
*Jean-Michel Place, 1994*

Anthologie poétique
*Imprimerie nationale, 1996*

Victor Schœlcher et l'abolition de l'esclavage
*Suivi de* Trois discours
*Le Capucin, 2004*

Cent Poèmes d'Aimé Césaire
*Omnibus, 2009*

Nègre je suis, nègre je resterai
Entretiens avec Françoise Vergès
*Albin Michel, 2011*